追憶は涙雨の如く

緒賀麻梨子
OGA Mariko

文芸社

彼と過ごした十四年を忘れることはない。

まるで映画のような運命の日々を。


私は海や山、自然あふれる愛媛県の田舎町に住んでいる。性格は人見知りで内気、恥ずかしがり屋。

もし今、自分の性格を問われたら、私はそう答えるのだろうか。……そんなことはない。彼と過ごした十四年間で、私は変わったのだから。


私は、幼い頃から人見知りが激しい性格だった。幼い頃の私は、どこにいても両親の陰に隠れていた。家族で買い物に行くと必ず父か母にくっついて歩き、知り合いに会うと顔を見られないように両親の後ろに隠れた。きちんと挨拶すらできない子供だったと思う。

そして恥ずかしがり屋でもあった。親戚でも同級生でも、家族以外の人と話そうとすると緊張して顔が赤くなり、他人と接しなくてはいけないと思うだけで顔や手などに大量の汗をかいていた。内気な性格も災いし、私はいつも他人に怯《おび》えていた。

他人と接する時、伝えたい言葉はまるで出てこないし、なんとか絞り出しても声はとても小さくて、聞き返されるばかりだった。時が経ち年齢を重ねていっても、私にとっては他人と接することが怖かった。

私にとって他人は、緊張してしまう怖い存在。だから「そんな他人と仲良くする必要はない」と幼い頃から思っていた。

人見知りで恥ずかしがり屋な性格は、社会人になっても大して変わらなかった。怖くて全く話せないという状況からは脱していたが、他人と話す時に緊張する性格は治ってはいなかった。

学校を卒業し初めて就職した会社でも、仕事の話をする以外は自分から話しかけることは決してなかった。

仕事場でプライベートな話をしたことなど全くない。あの頃は話しかけられても微笑みを返すだけで、会話に加わろうとはしなかった。社会人になってから私は他人と話すことを怖くて、そして面倒くさいと思うようになっていった。

そんな性格なので友達付き合いなどしたことはない。学生の頃は、緊張しながらでも同級生と話したり一緒に下校したりしていた。でも深く付き合うことはなかった。

ほどほどに付き合い、学校という場で同じ時間を過ごしただけだ。家に帰ってひとりで過ごす時間を大切にしていた。

学校を卒業すると同時に同級生とは疎遠になった。連絡先も全く知らない。そんな私が社会人になって、深く付き合える人などできるはずもなかった。私には、学生時代も社会人になってからも友達と言える人はいない。

世間的に見れば、引きこもりの寂しい女だろう。私はひとりぼっちだった。

でも、私は自分の人生が寂しくて不幸せなのだと思うことは決してなかった。

それは家族がいたからだ。

学校でも仕事場でも他人と賑やかに過ごすことはなかったけれど、私にはいつでもやさしくて温かな家族がいた。

私は、そんなひとりで過ごす日々でも満足していた。実家暮らしで気楽に過ごせていたことが大きかったのだろう。将来のことを真剣に考えてもいない、今日が楽しければそれでいいと思う気楽な人間だった。

でも家族以外に話せる相手のいない私は、悩み事をひとりで抱え込むようになっていった。

社会人になった私は、自宅と職場を往復するだけの日々を過ごしていた。社会人と言っても就業時間が短い仕事しか見つからず、田舎町なので時給も安かった。住む所があって食事に困らない実家にいたから、生活ができていただけのことだ。立派な社会人ではなかった。

親の脛《すね》をかじる。

私にぴったりの言葉だ。

家族に甘えて、なんとか生活ができていただけ。友達がいない私は外出もほとんどしない。休みの日や仕事が終わって帰った後は、自室で好きな本を好きなだけ読む。それだけで一日が終わっていた。そこには自堕落な私がいた。


このままの状態ではダメだ、そう思い始めたのは社会人になって二年ほど経った頃だ。

私には二つ下の弟がいる。我が家は、家にいるのが心地好く感じるほどに家族仲が良い。幼い頃はもちろん、中高生の頃も私が社会人になってからも旅行やドライブ、外食などで家族揃って行動することが頻繁にあった。

しかし、私とは対照的に明るくて社交的な性格の弟は、成長するにつれて家族よりも友達を優先して出掛けることが多くなった。

仲の良かった家族が少しずつ離れていく寂しさ、何よりも私自身、友達のいない寂しさを感じ始めた。

このまま家族だけを大切にし、実家暮らしに甘えるのはダメなのかもしれない、そう思い始めた。

私の趣味は読書だ。学生時代は漫画、社会人になってからは小説を好んで読んでいた。友達のいない私にとって、読書はかけがえのない最高の趣味だった。ひとりで本の世界に没頭する、それだけで何時間でも過ごすことができた。家でも本屋でも屋外でも、本があれば一日はあっという間に過ぎていった。

そんな私が変わらなければと思い始めた頃、新しい趣味を見つけた。それは写真を撮ることだった。

きっかけは家族旅行。

その頃は、今のようにいろいろなカメラが広く普及して安価に買えるわけではなかった。携帯電話を一人一台持つのが定着し、カメラ付き携帯電話が定番となりつつあるような頃だったと思う。性能は良くないけれど、私もカメラ付き携帯を持っていた。

ある年の春に家族で出掛けた旅先で、綺麗に咲いていた桜と両親を携帯カメラで撮影した。何気ないスナップ写真だ。だけど、その時の私は小さな携帯の画面に写った写真を魅力的に感じた。その時から、もっといろいろなものを撮りたいと思い始めた。そして写真を撮ることが私の新たな趣味となった。

写真を撮りたいと思うようになった私は、コンパクトデジタルカメラを買った。読書のため自室に引きこもっていた私から、カメラを持って外出する多少アウトドアな私へと変わっていった。

初めは家の近所で季節の花を撮った。紫陽花、タンポポ、ひまわりと、季節ごとに咲く綺麗な花を撮った。それらの写真はパソコンで見たり印刷して楽しむことを覚えた。さらに写真を撮ることが好きになった私は、一眼レフカメラを買った。

「もっといろいろな景色を撮りたい」

新たな趣味を見つけたのに、一緒に楽しめる友達はいない。それに家族で出掛けることも以前に比べて減っていた。良いカメラを買っても、相変わらず撮る写真は季節の花や犬に猫、近場の風景ばかりだった。

たまには、ひとりで車を運転して出掛けることもあったが、今まで引きこもりのような生活をしていたので、どうしても遠出をするのは怖くてできなかった。私の車にカーナビはついていない。その頃はガラケーだったので、今のスマホのようなナビ機能はない。知らない場所へ行くには、道路上の案内板か紙の地図を見るしかなかった。
地理に疎《うと》くて方向音痴だったこともあり、私は遠出を苦手としていた。それに、人を苦手としている私にとって、人の多い観光地に行きたいとは思わなかった。もし観光地に行ったとしても、人ごみの中を歩きたくはなかった。ひとりで一眼レフカメラを持ち、風景を撮影しているのが恥ずかしいと思う気持ちもあった。
それでも徐々に遠方へ行くよう努力していった。ただ観光地には行けず、私の出掛ける先はほとんどが人気《ひとけ》の少ない海や山だった。

そんな頃、運命を変えるひとりの男性と出会った。これからの十四年という長い時間を共に過ごす彼と。

二十代後半になった私は、未だに実家に住んでいた。家を出て一人暮らしをしようなんて気は全くなかった。居心地の良い家。実家暮らしを満喫する自堕落な私は、まだそこにいた。恋愛、結婚の意思はまるでなく、何度か転職をしていたが、どの会社でも気楽に話せる人はできず、趣味となった写真を撮るか、引きこもって読書をする。こうして毎日を気楽に過ごしていた。

そんな私の運命の男性は、勤めていた会社の取引先の人だった。

私の職場は家族経営の小さな小売店で、彼はこの会社の社長とは友達らしく、社長家族とも仲が良かったので、仕事中はもちろん、友達として休憩時間中や仕事が終わったあとなど、私の勤め先に頻繁に顔を出す人だった。

その彼は明るい性格で、楽しそうに話す口調や態度にその人柄は出ていた。彼は誰からもあだ名で呼ばれていたので、私は苗字すら知らなかった。数か月経つ頃には、私も彼をあだ名で呼んでいた。

彼は私の勤め先に来ると、地味で目立たない私にも気を遣ってくれた。就職してまもなく「はじめまして」と挨拶を交わしてからは、職場で顔を合わせると必ず声を掛けて挨拶してくれた。時には冗談を言って笑わせてくれることもあった。

きっと彼は相手が私でなくても、誰に対しても同じことをしたのだろう。でも人付き合いのなかった私にとっては、些細な挨拶のひとつすら嬉しかった。

いつの頃からか、「彼が訪ねてこないかな?」と、待ちわびるようになっていた。

この会社では、仕事で来客の対応をしなくてはならなかった。他人と接する仕事なので、入社したばかりの頃は、上手く対応できるのか不安で怖くて仕事に行きたくなかった。始業時間になると「何事もなく無事に終わってほしい」と、一日が早く過ぎてくれるのを祈るような毎日だった。

そんな私が、「会社に行けば彼に会えるかもしれない」と、彼を待ちわびるようになってからは、会社に行くことが苦痛ではなく楽しみになった。

ある日の仕事帰り、その彼と車ですれ違うことがあった。彼は社名の入った社用車に乗っており、私は自分の車だった。私は社用車に乗る彼に気付いたが、彼はさすがに気付かないだろうと思っていた。でも彼は、すれ違うほんのわずかな間に私に気付き、軽く頭を下げて挨拶をしてくれた。

彼にとって私は、数ある取引先のひとつで、友達の会社の地味な事務員でしかないはずだ。そんな私に気付いてくれたことに驚いた。そして嬉しさを感じた。

きっと人付き合いができる普通の人ならば、こんなことは何気ない日常の一コマなのだろう。でも私は違う。自分に存在感などないと思っていた。だから、私という存在に気付いてくれたことだけで嬉しかった。

その頃から私は、今まで以上に彼に興味を持ち始めた。

彼と出会ったその会社に入社して三か月ほど経った頃、会社の忘年会があった。

家族経営の小規模な会社の忘年会だ。出席者は社長夫婦と若社長夫婦、そして事務員の私と彼のような取引先関係の人が数人の忘年会だった。一次会、二次会と進んで小さな子供がいる若社長夫婦は先に帰り、取引先の人たちもぽつぽつと帰り始めた。

徐々に帰路に就く人たちがいる中で、私と彼は最後まで残っていた。最終的に「解散」となった時、彼が私に声を掛けてきた。

「どこかでもう少し飲みませんか？」と。

「はい」と、人見知りの私が迷うことなく即座に返事をした。

訪ねてくることを楽しみにするくらいの彼からの誘い、単純に嬉しかったのだ。

「まだ一緒にいられる」、それが嬉しくて、素直に声が出たのだ。


田舎町の夜だ、飲める場所は限られている。私たちはダーツのできる店に入った。

社会人になって忘年会などは何度か参加していた。二次会にも行っている。でも、飲んでから男性とふたりで過ごしたことはなかった。ましてやダーツで遊んだことなどない。

アルコールの勢いもあったのだろう。私と彼は勤め先の事務員と取引先の人。入社して三か月、職場で挨拶を交わすだけの間柄。それだけのはずなのに、ほぼ初対面だということを微塵も感じさせないほど、飲んで騒いで楽しい時間を過ごした。もちろん時間はあっという間に過ぎた。

日付が変わる頃になって、彼がタクシーを呼んだ。タクシーが到着すると、私たちは店の外に出た。

彼は、「楽しかった」と言った。

私は、「うん」と返した。

それしか言葉にならなかった。

私がタクシーに乗ると、彼は千円札を私の手に握らせて、タクシーの運転手に行き先を告げドアを閉めるように言った。閉じたタクシーのドアを挟んで向かい合うと、彼は手を振ってくれた。同じように手を振り返すとタクシーは走り出した。

家に着いても楽しさの余韻がいつまでも残り、その日はなかなか寝付けなかった。

「また会いたい」、心からそう願った。

その日から私は、会社に行くことが今まで以上に楽しみになっていた。「彼が訪ねてこないだろうか」、ドキドキする日は続いた。

そして彼が訪ねてくると、欠かさず挨拶を交わした。「こんにちは」という堅苦しい挨拶はほとんどしなかった。流行りのドラマや芸人の真似をして、いつも私を笑顔にさせてくれた。

勤め先の職場は、建物を入ってすぐの作業場と、その奥にある事務所に分かれていた。建物は大通りに面していたので、作業場にいる時は前を通る車がよく見えた。もちろん運転手の顔も。

そんな職場で、以前は車を見かけた時は会釈だけだったのが、手を振りあうようになった。私は、彼の乗る車が通らないかといつも気にするようになった。彼の方は、私が背を向けていて気付かない時は小さくクラクションを鳴らすことがあった。まるで私が振り向くのを待っているかのように。

職場での小さな進展は、人見知りの私にはとても嬉しかった。

その会社は、忘年会以外にも年に何度か飲み会があった。彼は仕事で遅れてくることはあっても、必ず出席していた。

そして私たちは飲み会があると最後まで残り、解散するとふたりで飲み直すようになっていた。

いつの頃からか、解散した後に私たちがふたりで飲んでいると知った勤め先の社長夫婦は、何かと気遣うようになった。飲み会の席は隣同士になり、ふたりで飲みに行きやすいよう配慮をしてくれた。

いつだったか、飲み会が終盤になった頃、彼が手洗いに立った。すると社長たちは帰り支度を始めた。私もそれに倣おうとすると社長は、

「あいつが戻るまで待っとってな」

と言った。

「えっ、あっ。はい。あの、今日はありがとうございました。ごちそうさまでした」

私がそう言うと、社長たちは部屋を出て行った。

しばらくして彼が戻ってくると、私だけがいる部屋の中を見て、

「あれ?」、という顔をした。

私は小さく笑うと、

「みんな帰りました」

と言った。

彼は社長たちの配慮を察したのだろう。豪快に笑うと、

「じゃあ、行くか？」

と言った。私たちは二次会をするため部屋を出た。


そんな周囲の気遣いもあり、私たちは携帯番号の交換をした。でも交換しただけだった。人見知りの私から彼に電話を掛けることはなく、彼から掛かってくることもなかった。

何もないまま数か月が過ぎた。


ある年のバレンタインデーにチョコをあげようと考えた。いわゆる告白ではない。何度かふたりで飲みに行っており、楽しい時間を過ごさせてもらっている彼に、感謝の気持ちを伝えたかった。

もし告白して振られた時、今の楽しい状態が壊れるのは怖かった。だから、そう自分に言い訳して渡そうと決めた。


その年の二月十四日は土曜日だった。彼は仕事、私は休みだった。携帯番号は知っていたので、電話を掛けて呼び出そうかと考えた。

でも、私に電話を掛けて呼び出すなんてことができるわけがない。それに土曜日で、彼は仕事をしているのだ。定時を過ぎても残業があるかもしれないし、チョコを渡したいという私の勝手な行為を迷惑に思うかもしれない。

そこで十四日より前になるが、職場で渡そうと考えた。彼は仕事で集金などの業務もしていたので、月に一度決まった日に職場に来ていたからだ。

思った通り、その日も彼は職場に来た。私は事務所の外の作業場で仕事をしていた。いつものように挨拶を交わして、彼は集金業務をするため事務所に行った。集金を終え、「じゃ」と手を振り帰ろうとしていた彼に声を掛け、呼び止めた。

「あの……」

そう言った私の口から続く言葉が出てこない。無言のままチョコの包みを差し出すと、

「俺に？」

と驚いた様子だったが、すぐに照れくさそうな顔をして、

「ありがとな」

と快く受け取ってくれた。

安堵の笑みがこぼれた。

一か月が過ぎ、三月十四日、ホワイトデー。

もちろん土曜日だ。夕刻になって、家にいた私の携帯に電話が掛かってきた。電話は、仕事が終わったばかりの彼からだった。

「今から時間があれば……」

と言った。呼び出しの電話だ。もちろんすぐに出掛けて行った。

呼ばれた場所は、彼の職場だった。

他の従業員は帰り、薄暗くなった室内で彼は待っていた。私が近づくと、彼はバレンタインデーのお返しだと言って、淡いグリーンの包み紙の箱を差し出した。

「ありがとう」

満面の笑みで受け取った。あの日、勇気を出せて良かったと心から思った。

彼はこのあと飲み会の予定が入っているので、もうすぐ行かなくてはいけないと言った。

職場以外で会うのも、アルコールの入っていない時にふたりきりでいるのも、この日が初めてのことだった。

「もう少しこのままでいたい」

でも、彼に話しかけることはできなかった。彼も何も言わなかった。どうすることもできなくて、私はまともに彼の顔すら見られなくなった。

時計の針だけが進んでいた。

私たちは薄暗い室内に立ったままでいた。

私は顔を背けるように彼に背を向けた。彼も同じ気持ちだったのかもしれない。お互いの肩が触れた。どちらからともなく背中合わせになると、黙ったまま背中を合わせ、しばらく沈黙の時間を過ごした。彼の鼓動と温もりだけを感じ続けた。

何も話さなくても沈黙すら心地好い。

こんな気持ちを持ったのは初めてだった。

「ずっと一緒にいたい」

声にならない私の気持ちを彼は察したようで、こう言った。

「この先、誰とも交際はしたくない」

彼は私より十三歳年上で、バツイチ子持ちだということは知っていた。他にも家庭の事情があるようだった。

彼の言葉を私は受け入れなかった。将来については深く考えていなかった。何よりも彼が離れてしまうことだけが怖かった。職場で会っても無視されるのではないか、それが怖かった。

それなら……恋人のようにずっと一緒でなくていい。年に何回か飲み会の席を共に過ごせれば、それでいい。

彼の言った言葉に返事はできなかった。無言の私に、やさしい声で彼は言った。

「今まで通りやから。なんも変わらんよ」


その言葉通り、彼はいつまで経っても変わることはなかった。

会社では冗談を言い、相変わらず飲み会のあとはふたりで二次会をした。

飲んだあと別れ際に、

「俺よりいい人いますよ」

という彼のセリフが増えたこと以外は、今まで通り……。


でも、すでに私は彼に惚れていた。

あの夏の日からは本当に。


それは地元の夏祭りの日にあった会社の飲み会だった。そこに行くと彼はいなかった。

がっかりした私に気付いたのか、勤め先の社長は言った。

「あとで、あいつも来るからな」

「あっ。はい」

私はきっと嬉しそうな顔をしたに違いない。遅れてきた彼は、社長の指示でいつものように私の隣に座った。

夏祭りという少しいつもと違う雰囲気の中、社長たちと別れた私たちは並んで歩いていた。そしていつものように何軒かで飲んで、日付が変わる頃に店を出ると、彼がタクシーを呼ぶため携帯電話を取り出した。

私はその手を掴んだ。

意識したわけではなかった。帰りたくないと思った本能がそうさせていた。飲み会も頻繁にあるわけではない。携帯番号を知っていても、お互いに連絡をすることはない関係だ。次の飲み会は、いつになるか分からない。


アルコールの勢いも借りて、私は掴んだ彼の手に自分の指を絡めていった。いわゆる恋人つなぎだと知ったのは後になってからだ。

彼はつないだ手を見て驚いた顔をしたが、解こうとはしなかった。そして、つないだ手を振り歩き始めた私に、歩調を合わせ歩いてくれた。ゆっくり、ゆっくりと。

何を話したのだろう。覚えていないほど他愛もない話をしていたはずだ。どんな話よりも、彼が隣にいる。そのことだけが私を笑顔にさせた。

三十分ほど歩いた。向かっているのは私の家だった。

もうすぐ家に着いてしまう。

彼と離れたくない、そう思った私が、無意識にとった行動だった。

「疲れた」

と言ってしゃがみ込んだのだ。私の心中を察したのか、彼は同じように私の前にしゃがみ込んだ。そして何も言わず、少し困った顔で私の顔をのぞき込むと、くるっと背を向けて言った。

「乗ってください。俺、明日仕事なんです」と。

何も言えなかった。ただ無言のまま、大きくて温かい背中に身をゆだねた。

「この人を離したくない」

このままでいい。結婚だけがすべてではないはずだ。ホワイトデーのあの日から、そう自分に言い聞かせていた。

でも、無理なのかもしれない。

私たちは恋人ではない、では友達なのだろうか？

友達でもないのだろう、そう思っていた。頻繁に連絡を取り合うこともない。お互いのことはほとんど知らない。六年が経ったのにプライベートで出掛けたのは二度だけだ。会社の飲み会後にふたりで飲むだけ、職場で挨拶をするだけの関係。

付かず離れず。私たちは、そんな言葉が似合う不思議な関係だったと思う。お互いに「好き」という感情を出すこともなく、けれど決して嫌うこともなかった。

彼と出会って六年、運命は転機を迎える。

ある日、職場で昼休憩をしていると、事務所に来客を連れて社長が戻ってきた。ふたりは事務所のソファに座り、いつものように世間話を始めた。

「まさかなぁ、あいつが病気とは……」

「癌だって？」

その言葉が耳に届くと、私の頭は一瞬にして真っ白になった。社長の言う「あいつ」とは彼のことだからだ。

彼が？　病気？　癌？　うそでしょ？　冗談だよね。うそだ、うそだ。

目頭が熱くなった。

ふと私の頭に、数日前に彼が社長を訪ねてきた時のことが浮かんだ。彼は訪ねてくると挨拶を欠かさない人だ。今では私の姿が見えると、声の届かない場所にいても手を振って必ず挨拶してくれていた。

でもあの日訪ねてきた彼は、伏し目がちだった。私は彼に気付いたのに、彼は気付いてほしくない感じだった。足早に立ち去って、私の方を見ようとしていなかった。

いつもとは違う。違和感があった。そう、あの日彼は様子が変だったのだ。

もしかすると、彼は病気のことを私には言わないように、社長に頼んでいたのかもしれないと思った。社長は私に向かってはっきりと言わないけれど「感づいてほしい」、そう言わんばかりに、来客との会話を続けていたからだ。

その日の仕事を終え、駐車場に停めた車に乗ったとたんだった。抑えていた涙があふれてきた。ハンドルにもたれ、声を上げて泣いた。

どうしたらいいの？　死なないよね。今どこ？　どこにいるの？　会いたい。

友達はいない、ひとりぼっち。こんな時どうすればいいのか分からなかった。電話してみようか？　メールを送って聞いてみようか？　迷惑にならないだろうか？　でも知りたい。今どうしているのか、どこにいるのか知りたい。

迷惑になるかもしれないと思ったけれど、私は彼にメールを送る決心をした。

「私にもどういうことか教えてくれませんか」

返信はないかもしれない、そう思いながら送信ボタンを押した。

返信があったのは、翌日だった。

「心配かけさせたくなくて」

それだけが書かれていた。素っ気ない文章だと思うかもしれない。でも私は、彼のやさしさを十分に感じた。

私が病気のことを知れば絶対に悲しんで泣くだろう、だったらいつの間にか消えていなくなっている方が、私のためには悲しみが少なくていい、彼はそう考えたのだと思った。

私は、彼のそのメールに

「心配くらいかけさせてくれてもいいじゃないですか」

と返した。

病気だとしても、このまま好きでい続ける私の決心の言葉だった。恋人でなくても、友達ですらなくてもいい。彼を離したくなくて、忘れたくなくて、あきらめたくなくて……。必ず、必ず元気になる。そしたら、また一緒に飲みに行ける。ふたりで二次会ができる。絶対、そんな日はくる。

だから……だから、生きていてくれればそれだけでいい。

そんな想いから出た言葉だった。

彼は私の気持ちを受け入れてくれた。


彼は病気のことや治療の経過を知らせてくれた。そして、彼の癌は完治の可能性が低いものだと病名から知った。

私は彼に何かしてあげたいと思った。でも彼は実家暮らしで、今は入院中だ。退院したとしても、友達以下の関係だろう私には、できることなど何もない。

手助けできることがないのなら、せめて病気が良くなるように祈ろう、願おう。

「どうか彼の病気が良くなりますように……」

その時、私の中で思いついたことがあった。

四国霊場八十八ヶ所巡礼、いわゆるお遍路だ。

四国にはお遍路という文化がある。徳島、高知、愛媛、香川の四県にある札所といわれる八十八のお寺を巡礼することを言う。四国に住んでいれば、白装束で杖と笠を持った歩き遍路さんを一度は目にしたことがあるものだ。


「お遍路をしよう」

私がそう思いついたのは、四国愛媛に住んでいること、そして両親がきっかけだった。

私の両親はお遍路経験者だ。

父が還暦を迎えた時だった、普段あまり自分のしたいことや希望を言わない父が、「八十八ヶ所霊場参りをしたい」と言ったのだ。昔から興味があると聞いていたので、私も弟も父のその発言に少し驚いたが、もちろん快諾した。そして父は母を連れ、お遍路へと巡礼に出た。四国霊場には引きつける何かがあったのだろう、両親はもう二度目の巡礼をしているほどだ。

そんな四国霊場には、病気が平癒し心身の健康を守ってくれる薬師如来をご本尊とする寺が多い。四国遍路は、病気平癒を願って参拝する人が多いのもそういう理由だと聞く。

私はそんなことから、彼の病気平癒を願いお遍路をするということを思いついた。

歩き遍路が昔からの正式な巡礼方法だが、現在は車やバイクを使うのはもちろん、タクシーやバスで巡礼するツアーもあるほどだ。両親は、父の運転する車で巡礼に行っていた。

私は四国に住んでいるのだ。歩き遍路は無理だとしても、車でなら行ける。彼の病気平癒を願うなら、お遍路をしよう。

お遍路をして病気平癒を願おう、そう考えた。

両親が巡礼をしていた時、父の勧めで私は写経を書いていた。

写経とは般若心経を書き写すことをいう。願いを込め、一文字一文字書き写していくのだ。書き上げた写経は八十八ヶ所霊場の本堂と大師堂に納めることができる。私が書いた写経は両親が持って参拝し、八十八の札所の本堂と大師堂に納めてくれていた。

自分で参拝するこのお遍路でも、写経を書こうと誓った。八十八の札所すべてに「彼の病気平癒」の願いを込めた写経を奉納すると。

お遍路に行こうと決めたが、一番札所は徳島県にある。自宅からだと一番遠い所だと言ってもいい。遠いと感じた。今まで引きこもりだった私では、到底行ける気がしない。

でも、止めようという気はなかった。調べてみると四国遍路は必ずしも一番札所から順番に、そして一度に回る必要はないことを知った。区切って回っても、どの札所から始めても、問題はないことなどを知った。両親は、数寺ずつ数回に分けて参拝する、区切り打ちと言われる巡礼方法で参拝していたのだ。巡礼方法に決まりはない。

私は今、仕事をしている。まとまった休みは取れない。昔からの正式な巡礼方法ではないかもしれないが、私は仕事が休みの日に自宅から近く、ひとりで参拝ができそうな札所から回る、その巡礼方法で参拝しようと決めた。

お遍路をするということは、四国を一周することだ。人見知りで引きこもり、内気で恥ずかしがり屋、こんな性格の私でなければ、お遍路をすることはそう難しいことではないのだろう。でも私にとってお遍路をすることは、とても勇気のいることだった。

でも私は彼と出会ってからの六年間で、自分の性格が変わりつつあると思っていた。笑顔が増え、受け答えも多少豊富になっていた。ただ、人見知りや恥ずかしがり屋が完全に治ったわけではなかった。ひとりで何かをすることや、自分から他人に話しかけることはまだ苦手としていた。引きこもりだった影響もあり、ひとりで遠出したこともなかった。

本当に八十八ヶ所巡礼できるだろうか。

私は、外出すらほとんどしていない。道には迷うだろう。他人と接する機会も多くなるだろう。それに、山道や狭い道、街中や数車線ある道路……。私が怖いと感じることを挙げればキリがなかった。私にできるのだろうか？　不安が胸をよぎった。

でも、彼に生きていてほしい。そう思うと、やらなくてはならないと思った。


入院中の彼からは定期的にメールが来ていた。治療の経過を知らせるものばかりだったけれど、私は彼が生きていることだけで嬉しくて安心した。


そして私のお遍路は始まった。

始まりの札所として選んだのは、住んでいる愛媛県の中で、お遍路の元祖とされる伝説の残る第五十一番札所石手寺に決めた。自宅からは少し距離がある札所だ。慣れない高速道路に乗り、必死でハンドルを握って松山市まで車を走らせた。出発してから数時間で石手寺に着いた。駐車場に車を停めると、持参した写経を持って山門に向かった。

お遍路をする際は白衣で、僧侶の袈裟を簡略化した輪袈裟を首に掛けるのが正装だ。でも近年は、普段着に輪袈裟だけでも正装とみなされる。私は白衣ではなく普段着で参拝することにした。


今日は日曜日、境内はたくさんの参拝客で賑わっていた。人ごみは苦手だが、そんなことを言っている場合ではなかった。それに初めての霊場参拝で、作法にも不安があった。駐車場から参道を進んでいくと山門の手前に手水場があり、まずはそこで手を清めた。今から私の長い旅が始まるのだ、気持ちを新たに山門へ向かった。石手寺の山門の前に立つと、合掌一礼し心の中で告げた。

「お参りさせて頂きます。お願いします」

長い旅路の第一歩を踏み出した。


山門を抜け、参道を進んだ。鐘楼へ行き本堂へと向かっていると、右側に大きな三重塔が見えた。普段目にすることのない光景。観光客がたくさんいる中で緊張するはずの私の心は落ち着いていた。寺という落ち着いた場所だからなのだろうか。

ゆっくりと境内を進み、本堂へ着いた。私は鞄から写経を取り出した。彼の病気平癒を願い、書いた写経だ。もう一度両手で挟み、願いを言ってから本堂の箱に納めた。そして、ろうそくを立て線香に火をつけると、本堂に向かい合掌して願った。

「少しでも彼に時間を……」

四国遍路は、本堂のほかに弘法大師空海を祀る大師堂がある。四国遍路では本堂と大師堂を参拝するのがならわしだ。

本堂への参拝を終えた私は、大師堂へと向かった。大師堂での作法は本堂と同じだ。先程と同様に写経を納め参拝を行った。

四国遍路では巡礼の証として納経帳といわれるものに納経をしてもらう。納経とは、参拝した札所の名前とご本尊様を筆で書いてもらい、そこに御朱印を押して頂くことをいう。

私はまだ納経帳を持っていなかったので、石手寺の境内で購入した。それを持って、境内にある納経所へと向かった。

納経所で買ったばかりの納経帳を差し出すと、受け取った書き手の方は、慣れた手つきで五十一番札所のページを開き、筆に墨をつけて書き始めた。真っ新《まっさら》なページに書かれていく札所の名前とご本尊様、そして押される御朱印。

納経して頂いた納経帳を受け取った私は、

「ありがとうございました」

と小声ながらも言った。

受け取った納経帳をめくると、一ページにだけ記入された達筆な文字と御朱印。見つめていると、私の四国霊場八十八ヶ所巡礼が始まったことを、改めて実感させられた。

開いたページからは、まだ墨の香りがしていた。心が落ち着く香りだった。


境内を出て山門の前に立つと合掌一礼をして、

「ありがとうございました」

と言った。

初めての参拝を終えたことに安堵し、駐車場へ向かおうとした時、鞄に入れていた携帯電話が震えた。

入院中の彼からメールが届いたのだ。

メールには、

「今度、買いたい物があるんやけど運転手してくれん?」

と書かれていた。

これは退院を知らせるメールだ、しかも私に運転手の依頼付き。

彼が退院することも、彼とふたりきりで会えることにも嬉しくて、

「もちろん」

と即答した。

そして単純な私は、早速参拝したご利益があったのだと、山門を出たばかりの石手寺に向き直って再度合掌し一礼した。

「ありがとうございます」


その後、約束通り私は退院した彼の運転手をした。その日だけでなく、何度か依頼され務めた。そして運転手から恋人へと昇格した。出会って七年が経っていた。

恋人となって頻繁に連絡を取り合うようになり、デートを重ねていった。食事や映画、それに写真を撮るのが私の趣味だと知っていた彼は、観光地や絶景地を選んでデートしてくれた。

今までひとりでは行けなかった所に行けるのは嬉しかった。でも何より旅行もドライブも買い物も、彼がそばにいてくれるだけで嬉しかった。まだ他人に苦手意識のある私だったけれど、彼とはいつまでも何度でも会いたかった。

そして、仕事とデートの間にお遍路に行くことも忘れなかった。近隣の札所から一寺ずつだったが、巡礼を続けていた。

今まで引きこもりのような生活をしていた私が、頻繁に出掛けるようになったのだ。良い人ができたのだと、家族は思っていたに違いない。でも、彼氏ができたとは言えなかった。恥ずかしさもあったが、病気のことが大きかった。

明日のことなんて分からなかったからだ。

恋人となってしばらくして、彼が長期入院をすることになった。自宅から入院する病院までは車で一時間以上はかかるし、面会時間は限られている。でも、そんなことは一切関係なかった。会えるのなら、どんな場所だろうと会いに行った。

お見舞いに行くと、ジャージ姿の彼に出迎えられた。格好は病人でも、相変わらず私を笑わせてくれる彼は、とても入院しているようには見えない元気な姿。

私たちは病院のロビーで他愛もない会話をして、楽しい時間を過ごした。

でも、楽しい時間はあっという間だった。面会時間の終了が近づき、私は、帰らなくてはいけない時間となった。

夕刻はまだ冷え込む季節なのに、彼はジャージ姿のまま、駐車場まで見送りに来てくれた。

「絶対元気になって、必ず会える」

そう思ってはいても、安心できるはずはなかった。もしかして、もう会えなくなるのではないか、そんな不安が出たのだろう。名残惜しそうにする私の頭に手を乗せて、彼は言った。

「俺は死なんよ」


彼のために私ができること。

恋人となっても私にできることは願うことだけだった。巡礼を続けて、もっともっと願おうと誓った。この時までに参拝できていたのは、住んでいる愛媛県と高知県の合わせて二十一の札所だった。もっと足を延ばして遠くの札所にも参拝しよう。

しかし、今までひとりで遠出をしたことがなく、全く行ったことがない場所へ簡単に行けるのだろうかと不安があった。携帯電話はスマホになり、ナビ機能が使えた。それでも迷子になるような地理に疎い方向音痴なのだ。遠出は不安だった。でも、退院した彼と会いたい、元気な彼とデートしたい、その思いを胸に勇気を出した。

少しでも決意を行動で示したいと思った私は、自宅から最も離れた徳島県に行こうと決めた。日帰りできるほどに最大限遠くへ。

思った通り、初めての場所で地名も分からず道に迷った。それでもなんとか第六番札所安楽寺にたどり着いた。

この札所のご本尊は薬師如来だ。一番札所から順番に回っていれば最初にたどり着く、四国霊場初めての薬師如来がご本尊の札所なのだ。知っていて訪れたのではなかった。偶然だ。でも、その偶然が私には小さな奇跡に思えた。私は、心の底から願った。

「どうか彼を救ってください」

この日は続けて数寺の参拝ができた。ひとりで初めて行った徳島県。この夜は、行けたことの嬉しさと運転の緊張で疲れ果てていた。

すると彼から、退院が決まったとメールが届いた。安堵した。霊場を参拝すると、いつも何かしらのご利益を感じていた。この日も疲れなんて忘れて喜んだ。

彼と恋人となって、もうすぐ二年。

入退院を繰り返すようになっていた彼とは、病室デートが主になっていた。私が仕事の休みの日、ＬＩＮＥで体調を聞き「来てもいい」、そう返事をもらってから、会いに行っていた。

三月のある日、前回の病室デートをしてから一週間が過ぎた頃、彼に「会いたい」とLINEを送った。既読にはならなかった。そして翌日も。

胸騒ぎを感じた。

すぐに病院に行き、彼がいるはずの病室へ足早に向かった。

「俺と連絡が取れなくなったら死んだと思ってくれ」

冗談のように言っていた彼の言葉が頭をよぎった。

「まさか」と思いながら、何度も訪れている、彼がいるはずの病室のプレートを見た。そこに彼の名前はなかった。

看護師に聞いてみようか？　でも何と聞けばいい？　それに身内でもないのに教えてくれるだろうか？

悩むばかりでどうすることもできず、情けない私はフロアを彷徨っていた。ふと見た個室のプレートに、彼の名前を見つけた。安堵した。でも、胸騒ぎは消えなかった。

「彼はここにいる」

それなのに、病室のドアをノックすることはできなかった。私は不安を抱えたまま、その場を離れた。

車に乗るとすぐにエンジンをかけ、自宅とは違う方向へ車を走らせた。その足で近くのお寺に行くためだ。彼のために今できることをするだけだ。寺に着いた私は彼の無事を祈った。

それからの私は、仕事が休みの日は病院へ行き、彼の病室の前まで行った。だが、どうしても彼の病室をノックする勇気は出なかった。

もしかすると彼の身内が出てくるかもしれない。知り合いと鉢合わせするかもしれない、そんな時はどうすればいいのか分からなくて、怖いと思った。

でも、そんなことよりも、今までに見たことのない彼の姿を見てしまうのが、なにより も怖かった。だから、どうしてもノックはできなかった。

それに、彼も見られたくはないだろうと思った。私には、いつもの元気な姿を見せたいはずだと。

彼はきっと元気になって私に連絡してくれる。

信じて待つと決めた。

その日から彼にＬＩＮＥを送り続けた。

「今日休みなんだよ」

「この間は楽しかったね」

「今度は病院じゃないところでデートしようね」

既読にならなくても送り続けた。何通も何通も。

そして……。

半月ほど経った頃、

「無理いうかもしれないけど、がんばって元気になって」

そのメッセージを送った日の夜、LINEの着信音が鳴った。

彼にしか教えていないLINE。その着信音。嬉しいはずの着信音が怖かった。

「彼じゃない」との直感。


スマホを持つ手が震えている。ダメだ、早く電話に出なきゃ。

ようやくスマホを操作して応答した。

精いっぱいの明るい声で、

「もしもし」

と言った。

「あの……」

男性の声だった。でも、やっぱり彼じゃない。

「俺のこと覚えてるかな？　いつかあいつと一緒に飲み会した……」

と続けて言った。

もちろん覚えていた。一緒に行った彼の友達との飲み会。そこにいた人だった。

その人は、

「昨日の夜、あいつ亡くなって……」

と切り出した。私と彼の仲を知っていたのは彼の友達数人だけ。死を知らない私に彼の携帯から連絡して知らせてくれたのだった。

送ったLINEが既読になることも、最後に病室デートしてから顔を合わせることもなく、彼は逝った。

あふれる涙が止まることはなかった。

気が付くと朝になっていた。

泣き続けていつの間にか眠っていたらしい。彼の死を受け入れることなど到底できなかった。でも、まぎれもない現実なのだ。今度は後悔することばかりが浮かんできた。私を彼女にして良かった？　楽しかった？　ストレスじゃなかった？　無理させたんじゃないかな？　ごめんね。

たくさんの想いがあふれてきて目頭が熱くなった。また泣いてしまう。

その時、ＬＩＮＥの着信音が聞こえた。

「ありえない」

空耳だろうか？　彼はもういない。もう二度と鳴ることなんてないはずなのに……。

……間違いなく鳴っている。スマホに表示されている着信の名前は彼だ。私は、嫌な夢を見たのだろうか。泣き腫らした目で、そんなありえないことを考えた。

「もしもし……」

電話に出ると、相手は女性だった。やさしくて温かみのある女性の声、でも聞き覚えのない声だった。

女性は彼の姉だと名乗った。私はこの時、お悔やみの言葉を言えたのかどうかさえ覚えてはいない。きっと何も言えていないはずだ。

お姉さんは私に、

「弟にお付き合いしている人がいるのを知らなくて……。連絡が遅くなって」

と詫びてくれたのだ。それなのに私は……。

続けてお姉さんは、彼のスマホに残っている彼と私の画像を、葬儀の時に使ってもいいかと問うた。異論などあるわけがない。

「もちろん使ってください」

そう答えた。


そしてその電話で、ひとつだけはっきりと印象的に覚えているのは、お姉さんが彼のスマホに残った彼と私の写真を見て、

「あなたと一緒にいる弟は嬉しそう」

と言ってくれたことだった。

その言葉は、後悔で泣いていた私を救ってくれた。私にとってこんなに嬉しい言葉はなかったからだ。私にとって他人と接することは、苦手で嫌で苦痛でしかなかった。彼はそんな私が一緒にいて、楽しくて幸せを感じた人。

でも、私だけの感情だったのではないか。彼も私と同じように、楽しくて幸せを感じて

いてくれたのだろうか。私に彼の本当の気持ちは分からなかった。そんな私の後悔の気持ちを、お姉さんの言葉は消し去ってくれた。

いつか彼は私に言った。

「最期にひとりの女を幸せにできて良かった」と。

それなら私も彼に言える。

「あなたを幸せにできて良かった」と。


車を運転し、ひとりで葬儀場へと向かう私は、まだ彼がいないことが信じられなかった。夢なら覚めてほしい、冗談だって言ってほしい……。

そう願う私の思いは、葬儀場の駐車場へ続く道を曲がった時に砕かれた。私が目にしたのは「故」の文字が書かれた彼の名前だったからだ。

彼はもういない、現実を突きつけられた。

葬儀場に入ってまず私の目に飛び込んできたのは、一枚の写真だった。いつ撮った写真なのか、その時のことを鮮明に思い出せる一枚だった。

彼との最後の旅行。旅館に着いて寛いでいるはずの彼が不意に真面目な顔をして、自分にスマホカメラを向けていた。

「どしたの？　何しよん？」

「ん。俺の遺影にしようと思ってな」

「もう！　そんなん、させんけんね」

そう言って、私はシャッターを押す前に彼の背後に回り込み写り込んだ。

「ざーんねーん」

邪魔されたことで少しだけ真剣な顔をした彼と嬉しそうな私。その時の写真だった。

「ほらねっ」

思わず笑みがこぼれた私は、その写真に向かってあの時と同じように言った。

「遺影になんてさせないよ」

彼と最後に病室で会ってから約一か月。葬儀場で、あの日以来の彼に会った。

面影のないほど痩せていた。彼の顔は、生きるために頑張り、そして生き抜いた、男らしい立派な顔だった。

ふいに、最後に会った日のことを思い出した。

病院デートのあと、帰る私をエレベーターの前まで見送ってくれた彼のことを。

「ありがとうな」

そう言ってエレベーターの扉が閉まるまで、笑顔で手を振ってくれた彼の最後の姿を。

今までに見た、いろいろな時の彼の顔が浮かんでは消えた。


「ぽっくりが理想や」

そう言ってたのに。うそつき。なんで？　頑張りすぎ、どこがぽっくりなんだよ。こんなに頑張るなんて……ほんとっ……ばかっ。でもカッコいい。男前な顔だよ。ほんとだよ。すてきだよ。ほんとに本当に頑張り屋なんだからっ。あなたに惚れてよかったよ。もう、ゆっくり休んでよね。おつかれさまだよ。


何を言っているのか、自分でも分からなかった。頑張った彼を労う言葉や感謝の言葉、あらゆる感情が混ざり合った気持ちを、彼の名前とともに吐き出し続けた。

そして彼の手に触れ頬をなでた。もうこの手は私の手を握ってはくれない、この目が私を見つめることはない、もう名前も呼んでくれない。動かない彼に触れ、声を掛け、人目もはばからず涙を流す私を、周りの人は静かに見守ってくれていた。

どれだけの時間が過ぎたのだろう。そろそろ別れの時間だと感じた私は、彼の顔に近づいて、ふたりでいつも言っていた別れ際の言葉を耳元でささやいた。

「いつかまた……」

私は、彼の死を受け入れた。

葬儀の時に、彼のお姉さんからいろいろな話を聞いた。

中でも、彼は辛さを見せずに頑張って生きようとしていたことは、私の胸に深く刻まれた。

彼は死期を悟っていたのだろうか。痛みもしんどさも私には分かるはずもない。相当辛かったに違いないのだ。

それなのにＬＩＮＥで「会いたい」と言う私には決して断らず、「たぶんＯＫ」とか「しんどくなったらお開きな」と、スタンプや冗談を交えながら私の期待に応えてくれていた。ＬＩＮＥが既読にならなくなるまで、絶対に断らなかった。

そして私のＬＩＮＥが既読にならなくなってからも、時々鳴るＬＩＮＥの通知音に、彼は応えようとしていた、ということを聞いた。その通知音は私ではないかもしれない。それでも、彼が誰かの期待に応えようとしていたことは深く心に残った。

彼がいなくなって、私は生きることを止めたように抜け殻になった。なんとか仕事には行っていたが、塞ぎ込み、口も利かず、食事の量も減っていた。

彼との思い出もある地元を離れることも考えた。でも母に止められた。家を出たらそのまま死んでしまいそうな状態だったからだ。家から出ず食事も摂らず衰弱していく、そんな私の未来を感じ取ったのだろう。

もし実家を出ていれば、本当に死んでいたと思う。友達はいない、人付き合いもしない、気晴らしや気分転換の方法なんて知らなかった。塞ぎ込んで、いずれは死んでいたはずだ。

葬儀の時、泣いてばかりの私に彼の友達が、

「あいつのことは忘れて前向きに……」

と励ましてくれた。でも、前向きになんてなれなかった。

彼がいなくなって一か月が過ぎても、泣くばかりで仕事に行くだけで精いっぱいな日が

続いていた。

そんな時、母が言った。

「いつまでも泣いていたら、その人は成仏できないよ」

母の言葉が胸に沁みた。

私は彼を眠らせてあげることすらできないのか。もう泣いてはいけない。彼を眠らせてあげなくては。

この日を境に、泣かないよう努力していった。


彼が亡くなって、私はふたつのことを止めていた。

ひとつはお遍路だ。彼はもういない。願うことなど何もない。もちろん病気平癒を願って書いていた写経は書けなくなった。私はお遍路を止めた。

もうひとつは写真を撮ることだ。彼と出会う前からの趣味で、彼とのデートには必ずカメラを持っていた。でも、もう彼はいない。どこにも行けないし、行きたくもない。ひとりでなんて行きたくない。そんな思いからカメラを持って出掛けることが辛くなって止めた。

半年が過ぎて、人生を楽しむことはできていなかったが、涙を抑えることはできていた。ある時、カメラを持って出掛けてみようと思った。ずっと家に籠って家族に迷惑を掛け続けるわけにはいかない。外に出てみたら何か変わるかもしれない。どこかに出掛けてみよう。そう思った。

私は久しぶりにカメラを持って車に乗った。行き先など決めていない。思いのままハンドルを切っていた。

カーステレオからは彼と聴いた音楽が流れ、彼と一緒に通った道を走り、車窓からは彼と食事した店も見えた。

何をしても思い出してしまう。目頭が熱くなるのを感じながらも、車を走らせ海まで行った。

以前彼とも来た、夕日が綺麗な砂浜だった。夕日の時間にはまだ早い。しばらく砂浜を歩き、ベンチに座った。波の音が聞こえる砂浜でひとり海を眺めたあと、バッグからカメラを取り出し写真を撮った。砂浜、海、テトラポッド、そして青空。

この場所は、ふたりで見たあの時と変わらない美しい風景。それなのに写真に写っているのは寂しげな風景に見えた。写真はその人の心を映し出すという。私はその通りだと思った。青い空と海を写しているはずなのに、今にも雨が降りそうな、灰色の空を写したように見えたからだ。まるで今の私のように。

それでも今日という日が、後ろ向きから前向きに変わろうと、小さな小さな一歩を踏み出した大切な日であることを実感した。


そんな私に、また転機が訪れた。

彼と出会った職場は退職を余儀なくされ、彼が生きているうちに転職をしていた。新しい職場は車通勤が不可だったので、車以外の通勤をしなくてはならなかった。

ここは田舎町だ。電車や地下鉄などはない。バスはあるが本数が少ない。職場への通勤手段は限られる。私は自宅から近いこともあり、自転車通勤しようと思った。でも自転車は持っていなかった。

その話を彼にすると、学生時代から使っていた古い自転車を貸してくれた。錆びて塗装も剝がれた古い自転車だった。彼は「俺はもう乗らないから、お前にやるよ」と言ったが、私は「彼がまた乗る時がきっとくる」、そう信じて貸してもらうことにした。自転車はいつか返すつもりで大切に乗っていた。

結局それは、返せないまま形見として私のもとに残った。

その自転車に乗り、職場へ通勤している途中で、私は交通事故に遭った。

職場まであと三分ほどの所にある交差点。渡り始めてすぐ、カーブミラーに左から来る車が映った。

「ぶつかる、避けなきゃ」

そう思ったはずだけれど、気が付いた時には、雲ひとつない青空を見ていた記憶しか残っていない。


四月になったばかりで朝晩はまだ冷えていた。この日も家を出る時はまだ肌寒く、ジャケットを羽織りデニムを穿いて暖かい格好をしていた。

まだ肌寒いはずなのに「暑い」と感じて気が付いた。太陽に照らされたコンクリートに倒れていたからだった。


「……」

誰かの声がする。何だか分からない。頭がぼんやりしていた。

「大丈夫ですか?」

今度ははっきりと聞こえた。咄嗟に、

「はい」

と答えた。

そうだ、事故だ。どうしよう？　とりあえず起きなくては。そう思い、手足を動かそうとしたら全身に痛みを感じた。

からだが痛い。

立ち上がろうとした私に、

「動かないで、そのまま」

と頭上から声がした。

そしてその声の主はすぐに救急車を呼び始めた。声の主の指示通りそのままの体勢でいると、今度は頭上で女性の声がした。

「大丈夫？　お家は近くの方？　ご家族呼びましょうか？」

誰？　えっ、家族？　電話。あっ、そうか電話。自転車はどこ？　バッグは？　スマホは？

首を傾げ、目だけを動かして周りを見ると、遠くに横倒しになった自転車が見えた。

きっとまともな会話にはなっていなかっただろう。それでもなんとか女性に合図を送り、バッグを取ってもらった。

受け取ったバッグからスマホを取り出し、親に電話を掛けた。

「事故した、ぶつかった」

そう言い、場所を伝えると、幸い近くにいたらしく、すぐに来てくれた。

両親と野次馬が周りにいる中で、事故の衝撃と春の日差しで頭がぼーっとしていた私は、何も考えることができず、眠るように道路に横たわっていた。

救急車が到着すると、私は担架に乗せられた。そして救急車には母が同乗し、救急病院に運ばれた。心配性な母は、救急車の中でオロオロしているように、私には見えた。少しずつ意識がはっきりしてきた私は、母に笑顔を見せた。すると母は、落ち着きを取り戻したようだった。

安心した私は、自分が乗っているのに、なぜか遠くに聞こえる救急車のサイレンの音を聞きながら、再び目を閉じた。

病院に着くと、そのまま精密検査を受けた。

その後、医師の説明で、私は車と衝突して三メートルほど跳ね飛ばされたらしいことを聞かされた。

内臓や骨に損傷があってもおかしくはない状況だったが、幸いにも検査の結果、大きな

郵 便 は が き

料金受取人払郵便

新宿局承認

2524

差出有効期間
2025年3月
31日まで
（切手不要）

160-8791

141

東京都新宿区新宿1－10－1
（株）文芸社
愛読者カード係 行

お名前《ふりがな》		明治 大正 昭和 平成 年生 歳		
ご住所《ふりがな》	□□□-□□□□		性別 男・女	
お電話番号	（書籍ご注文の際に必要です）	ご職業		
E-mail				
ご購読雑誌（複数可）		ご購読新聞 新聞		

最近読んでおもしろかった本や今後、とりあげてほしいテーマをお教えください。

ご自分の研究成果や経験、お考え等を出版してみたいというお気持ちはありますか。

ある　ない　内容・テーマ（　）

現在完成した作品をお持ちですか。

ある　ない　ジャンル・原稿量（　）

書　名				
お買上 書　店	都道 府県	市区 郡	書店名	書店
			ご購入日	年　　月　　日

本書をどこでお知りになりましたか?

1.書店店頭　2.知人にすすめられて　3.インターネット(サイト名　　　　　　　　)

4.DMハガキ　5.広告、記事を見て(新聞、雑誌名　　　　　　　　　　　　　　)

上の質問に関連して、ご購入の決め手となったのは?

1.タイトル　2.著者　3.内容　4.カバーデザイン　5.帯

その他ご自由にお書きください。

(　　　　　　　　　　　　　　　　　　　　　　　　　　　　　　　)

本書についてのご意見、ご感想をお聞かせください。

①内容について

②カバー、タイトル、帯について

弊社Webサイトからもご意見、ご感想をお寄せいただけます。

ご協力ありがとうございました。

※お寄せいただいたご意見、ご感想は新聞広告等で匿名にて使わせていただくことがあります。

※お客様の個人情報は、小社からの連絡のみに使用します。社外に提供することは一切ありません。

損傷はなく、全身打撲との診断を受けた。

路上で動けない時も、医師に説明を受けている時も、私の手を握っていてくれたのは父だった。大きくて温かな、そして安心する、シワの増えた父の手だった。

全身打撲でほぼ動けない私は、入院することになった。人生で初めての入院生活。しかもコロナ禍だったので、病室には家族すら入れない。人見知りの私は、他人ばかりの環境で苦痛な日々になるのだと思った。でもそう思ったのは初めだけだった。入院生活に慣れるのに時間はかからなかった。

彼のおかげではないかと思った。他人と一緒にいることの楽しさは、彼から学んだ。出掛けることの楽しさや、緊張しない生き方もそうだ。人生楽しく生きていた。彼が身をもって、私に教えてくれたような気がした。

入院中の私には、ひとつだけ気がかりなことがあった。形見の自転車だ。どうなっているのだろう。病室に来られない家族には、自転車のことは詳しく聞けていなかった。

私には、あるひとつの思いがあった。三メートル跳ね飛ばされた状況、身体に大きな損傷のない私、形見の自転車に乗っていたこと。そして、首には彼から貰ったネックレスをしていた。

「もしかして、私を守ってくれたの……」

車いす生活から杖で歩けるまでになり、私は退院した。帰宅してすぐ、自転車を確認した。目の当たりにしたのは、折れ曲がったハンドルやカゴ、ゴムの剝がれたグリップだった。タイヤはチューブが外れて骨が見えるほど壊れていた。保険屋も自転車屋も、修理は不可能だと言った。

「廃棄するしかないです」と。

もう……乗れない。

「私を守ってくれたんだね?」

私の問い掛けに、

「もう俺を忘れろ」

そう言う彼の声が聞こえた気がした。

自転車屋に、

「廃棄してください」

と処分してほしいことを伝えた。古くても私にとっては宝物、大切な形見。その日はあふれる涙が止まることはなかった。彼のことで泣かないようにしていた私の、約三年ぶりの涙だった。彼が亡くなって四年目の命日が過ぎた頃だった。


形見の自転車を失くし、改めて自分の将来のことを考えるようになった。

仕事には復帰したが、まだ杖をつかないと歩けないいため、職場まで父が送り迎えをしてくれていた。

事故に遭う前、本当に小さな一歩だけど、前を向くために踏み出せた。もう迷惑を掛けたくない、頑張れると思ったのに……。

それなのに、また家族に迷惑を掛けている。どうして上手くいかないのだろう。

小さい頃は人見知り、転職を繰り返すばかりで未だに独身で実家暮らし、彼の死で塞ぎ込んで、今度は事故。自分が情けなくなった。

今度こそ、この家から出よう。死ぬためではない、生きるために家を出よう。

今の職場は出勤日数が少なく、コロナの影響でますます仕事量も減っていた。一人暮らしをするためには、もっと給料がもらえる職場への転職が必要だ。

そうだ、婚活はどうだろう？

私には彼だけだと思っていた。私が一緒にいて苦痛を感じないのは彼だけだと思っていた。でも違うのかもしれない。あの事故は、彼が「自分に執着するな」と、別れを告げてくれたのではないかと思った。だから、私の代わりに形見の自転車を壊してくれたのだと。私には彼だけではないかもしれない。前向きになろう。新しいふたつの道を探してみよう。


そして私に最後の転機が訪れる。

転職と婚活、この決意をしてから半年ほど経っていたが、どちらも上手くいっていなかった。そんな時、早期退職を余儀なくされ、私は無職になった。実家暮らしなので、今すぐ生活に困ることはなかったが、また家族に迷惑を掛けてしまうことになった。


どうして？　私の人生、なんなのだろう。

失敗ばかり。ずっと暗闇だ。人見知りで友達は作れなかった、最愛の人は病気で亡くなった。事故に遭って転職もできず、婚活は失敗続き。家族への恩返しどころか、また仕事を失った。

私の人生、なんなのだ。いいことなんてまるでない、ダメなことばかり。


それなら、もう生きていなくてもいい。

やっぱり死んでいれば……。彼の後を追ってでも、事故の時にでも。今になって惨めな思いをするくらいなら、もっと早くに死んでいれば、こんなに苦しまなくてもよかった、誰にも迷惑を掛けずに済んだはずなのに……。

彼のいないこの世に未練はない。後悔なんて何もない。


……後悔。

本当に、ないのだろうか？

心がチクリと痛んだ。後悔していること、やり遂げていないこと、本当にないのだろうか。


四国八十八ヶ所霊場参拝。

彼のために始めたこと、それなのに投げ出して放置したままだ。病気が分かった時、私ができること、やろうと決めたことなのに、彼のために必ずやり遂げると誓ったはずなのに……。

私は、いつか彼が言った言葉を思い出していた。

「俺は、お前に生かされている」

私がお遍路をしていたことを彼は知らない。この言葉の真意はもう分からない。

でも私は、彼が自分の余命を知っていたのではないかと思った。そして、聞いていた余命より長く生きていたのではないだろうか。あの言葉は、楽しい時間をくれた私への感謝の言葉ではないのか。

彼のお姉さんの言葉が蘇った。

「あなたと一緒にいる弟は嬉しそう」

この言葉は、彼のあの言葉の裏付けではないのか。


「少しでも彼に時間を……」

そう願い、巡礼していた。願いは叶ったのではないのか。それなのに中途半端に投げ出して、本当に後悔していないと言えるのか？　彼を眠らせてあげることすら、できていないのに。それで本当に、後悔していないと言えるのか？

「やり遂げろ」

彼の声が聞こえた。

翌日、久しぶりに日帰りで行ける札所に参拝することにした。今までと同じように写経とカメラを持って出掛けた。

目的地は、愛媛県久万高原町《くまこうげん》にある四国霊場第四十五番札所岩屋寺。

岩屋寺は初めて参拝する札所ではない。数年前に両親がお遍路をしていた時、私と弟も同行して家族四人で参拝に来たことがあるのだ。この札所は、県道を折れてから参道近くの駐車場までの車道は狭く、さらに本堂まで十五分ほど坂道や階段を歩かなくてはならない。そのため険しい札所であることは以前来ていて分かっていた。だからひとりでお遍路をしていた時、参拝を避けていた札所だった。

私は交通事故に遭ってから、坂道と階段を歩くのが少し辛くなった。でも、この険しい道を行くことができれば、他の札所の参拝もできるだろう。頑張れるだろう。そう考えて今日参拝するのは、この札所を選んだ。

一歩一歩踏みしめて、本堂までの長い階段を歩いた。

しばらく歩き続け、本堂に着いた。まず一息ついてから、持ってきた写経を鞄から取り出し、手に持った。それはまだ彼が生きていた頃に、病気平癒を願って書いていたものだ。日付は五年前。あの頃の願いだ。今はもう……。それでも心を込めて書いた写経だ。私はその写経を本堂へ納め、お賽銭を入れて合掌した。

彼のために参拝を決めた時のこと、病気平癒を願い写経した日々、道に迷いながらもお遍路を続けていたことを思い出し、お礼を伝えた。

「幸せな時間をありがとうございました」

大師堂でも同じように。


五年ぶりに納経して頂いた私は、改めて納経帳を開き、今、頂いたばかりの御朱印を見つめた。そして決心を固め納経帳を閉じると鞄に仕舞い、長い参道を下りて駐車場へ向かった。参道を下りながら、さっき誓った言葉をつぶやいた。

「八十八ヶ所すべて参拝して結願《けちがん》する」


翌日、母にお遍路に行きたいと伝えた。私は今、職探しをしている無職の身だ。

「お遍路に行きたい」

そんな言葉は、仕事で忙しくしている父や弟には言えなかった。母にも反対されると思っていたが、快諾してくれた。そして、父も弟も応援するはずだから大丈夫だと言ってくれた。

その言葉を受け、改めて決心を固めた。


こうして結願に向けてお遍路を再開することになった。もちろん写経も再開した。

父の勧めで初めて写経をした時は、「家族の幸せ」を願い書いていた。今度も同じ願いだ。

でも、あの頃とは思いが違った。

最初の「家族の幸せ」とは「いつまでもみんなが健康で過ごせますように」、そんな幸せだった。でも今度は「私の中にいる彼を眠らせて、そして私が自立して家族に迷惑を掛けず、みんなが幸せに暮らせますように」、そんな幸せだ。ただ、願いが多すぎて叶えてもらえるのかどうかは心配だけれど。

両親のお遍路の時から、書いた写経は二〇〇枚を超えている。書き始めた時はボールペンを使っていた。今は万年筆で書くようになった。般若心経も初めはなぞり書きだったのが手本を見ながら書くようになった。今では、ほとんど見なくても書けるくらいになっている。それだけ写経に願いを込めて書いたということだ。

それなら結願まで、最後まで書き続けて願おう。

四国霊場八十八ヶ所をすべて回ろうと決めたが、順番に回っていなかったので、未参拝の札所は四国内に点々としていた。

徳島県、香川県はほとんど参拝できていない。高知県と、住んでいる愛媛県にもまだ未参拝の札所はあった。

地域ごとに分けて回ろう。徳島や香川の遠い所は、泊まりで行った方がきっと効率が良いだろう。私は車の運転が苦手だから、人の多い週末や祝日、悪天候の日は避けよう。雨の日に知らない道や険しい山道を車で走りたくはない。まずは日帰りで行ける所から始めてみよう。

こうして私は地図を睨みながら徐々にルートを考えていった。

日帰りで行ける県内のお遍路旅を再開してしばらく経った頃、季節は春を迎え、テレビでは連日桜の開花予想の話題が伝えられていた。

今年結願して彼を眠らせてあげるなら、私にはお遍路と同じように、もうひとつやりたいことがあった。

お花見だ。

私にとって、桜は特別な思い出がある。


彼とデートでお花見をしたことがある。その日、その場所でお花見をするのが目的だったのではなかった。春先にドライブに出掛けた時、ちょうど桜も満開の時期だからと、桜の名所を調べて、たまたま訪れた場所だった。

そこは高知県で有名な桜の名所で、彼と訪れたその日は、青空のもとで咲く満開の大木の桜と辺り一面に広がる桜、そして菜の花も綺麗に咲いている場所だった。私たちは満開の桜並木の下を並んで歩いた。

「あと何回、桜見れるかな」

きっと、私に言ったのではないのだろう。でも、小さな声で言った彼の言葉が、私の耳に届いた。私は聞こえないふりをした。

彼と過ごした時間の中で、一度きりのお花見だった。

そして彼が亡くなる前に、こんなＬＩＮＥを交わしていた。彼は桜とビールの絵文字を添えて、

「花見は済んだ？」

と聞いた。

「もう葉桜です。また来年連れて行くから。行こうね」

「そう、だね」


その約束を守るため、彼が亡くなったあと、ひとりでその桜を何度か見に行っていた。でも、満開の時期には仕事が休めず満開を過ぎていたり、悪天候が続いて行けなかったり、コロナ禍で諦めた時もあった。

約束を果たせないまま四年が過ぎていた。あの日と同じ桜は、まだ見ていない。

彼を眠らせてあげるなら、あの日一緒に見た桜を見たいと思った。今年こそ約束を果たしたい。そして満開の予測が出た日、私は桜を見るためにカメラを持って車を走らせた。


高知県仁淀川町。

ひょうたん桜。


春の日差しが心地好い、晴天のある日。

山間部で、たくさんのピンク色の花びらをなびかせて咲いている大きな桜の木が、私の目に映った。

まぎれもなく、彼と一緒に見たあの日の桜だ。青空のもとでたくさんの花びらを纏わせて、大木のひょうたん桜は人々の目を楽しませていた。私は、花吹雪も綺麗な桜並木の下の遊歩道に立った。そして、私の目にだけ映る彼に手を伸ばした。

「満開だね。約束果たせた」

お遍路を再開するにつれて、私の心は揺さぶられていた。これからの自分のこと、家族のこと。恋愛。仕事。自立。自分を変えたいと思った。ひとりで生きられるように。

私は人見知りで内気、引っ込み思案の恥ずかしがり屋。未だに、ひとりで何かしようとすると、緊張してできなくなってしまう性格の持ち主だ。

怯えながらでも、こなせることは増えたと思う。でも怖くてできないこともまだある。その中でも特に外食は怖いと思っていた。私のような人間でなければ、普通にできる些細なことだ。私だって、ひとりでなければ家族とも彼ともしていた、日常の一コマにすぎないことだ。

でも、ひとりでしようとすると恐怖心が生まれてしまうのだ。緊張して言葉が出てこなくなってしまう。入店する前から、店の雰囲気はどうだろう、話しかけやすい店員だろうか、と気にしてしまう。そして、他にどんなお客さんがいるのだろうかと、どうでもいいことなのに、そんなことまで考えてしまう。

自分の言葉で他人と話す。

言葉が上手く出てこない私にとって、何よりも怖いことだ。

問い掛けられても上手く返せず笑われる。幼少期にそんな怖い思いをしていた記憶が蘇り、ひとりではっきり話せるのだろうかと、考えるばかりで結局は諦めてしまう。

でも成長したはずだ、幼少期の頃とは違う、できるはずだ。でも、ひとりきりで店にいる自分が恥だと思う私もいる。

何事も慣れなのだと誰もが言う。他人のことなど誰も気にしていない、とも。

でも、私のような人見知りで内気で恥ずかしがり屋な人間にとっては、初めの一回がどうしても怖いのだ。誰も気にしていないと分かっていても、他人の目が気になるし、誰も気にしていない先のことまで考えてしまうのだ。

それに私は、何をするにもなかなか慣れることができない性格だった。

社会人になってからのことだ。仕事で電話対応や接客をしても、緊張と怖さで失敗ばかりしていた。失敗の怖さから、仕事なのに電話を避けるように、人任せにしたことすらあった。いろいろな会社で経験を積み重ねた今でこそ何とかこなしているが、社会人生活二十年が経った今でも、慣れたとは言えない。今でも電話の音は怖い。来客が来れば緊張するし、きちんと対応できているのか不安なのだ。いつも逃げたいと思っている。

でも、私は彼と出会って変わったはずだ。ひとりで外食は怖いかもしれない、でもやってみよう。ひとりでできないことをなくそう。お遍路で結願するまでに、ひとりで外食ができるようになろう。

私は小さな目標を立てた。

点々と残っていた未参拝の札所を、日帰りで行ける所から参拝していった。目標の外食はできないまま、残りは地域ごとに数寺がまとまった場所が三か所になった。一か所ずつ泊まりがけで参拝すれば、あと三回ですべて回れそうだ。

そこで私はまず、一番札所から回る二泊三日の宿泊ルートを組んだ。

ホテルの予約はネットで済ませた。実は、ひとりでホテルに泊まるのも初めてのことだった。怖くないと思っていても、緊張感は高まっていた。

出発の日は、よく晴れていた。

私は、いつものように定位置に座った。

実家は古い日本家屋で、私の使っている部屋は昔曾祖母が使っていた部屋になる。この部屋には小さいながらも床の間があり、私はそこに小さな机を置いている。机の上にはお香を焚くための香炉と、写真立て。そして、机の横には、引き出しが三つある小物入れがある。

いつものように机の前に座った私は、小物入れの一番上の引き出しを開けて、中から小さな写真を手に取った。

それは私が撮った彼の写真だった。彼が亡くなったあと、小さく切ってスマホケースに入れていたものだ。婚活を決意した時、スマホケースから外してこの引き出しの中に保管していた。

その小さな写真を取り出し、持ち歩く鞄のポケットに入れた。お守りだ。お遍路を再開してから、私が始めたことのひとつだった。

そして着替えやカメラの入った荷物を持ち、床の間の写真立てに向かい合うと、机の上で笑う彼に言った。

「行ってきます」

車に乗り込み、徳島県へ向けて走り出した。車の運転は上手くない、高速道路を走る時はいつも緊張する。ＳＡで休憩を取りつつ、お昼前に目的地に到着した。

そこは、四国霊場第一番札所 霊山寺《りょうぜんじ》。


この日は一番札所から二番、三番と順調に参拝を続けることができた。私は参拝に夢中になっていて、お昼をとっくに過ぎていたことに気が付かなかった。でも構わずに、昼ご飯は食べないで参拝を続けた。

五時を過ぎ、この日の参拝を終えた私は、予約していた宿泊するホテルに向かった。ホテルの駐車場に車を停め、荷物を出しながら気持ちを整えた。私ひとりで初めての宿泊。でも怖いことなど何もない。大丈夫。フロントに行くだけだ、緊張しなくていい。自分に言い聞かせた。

ホテルの玄関をくぐると、ゆっくりフロントへ近づいた。名前を言い、チェックインの手続きをする。そして簡単な説明を受けて部屋の鍵を受け取った。

「ごゆっくり、おくつろぎください」

部屋に入るとベッドに倒れ込み、笑った。本当に何も怖くなかった。呆れるくらい、あっさりだった。私は怖がり過ぎているだけだ。

この徳島県の二泊三日の夜は、すべてコンビニ弁当で済ませた。どこかで食べようと車に乗って飲食店の前を通った。でも、どうしても店に入る勇気は出なかった。迎え入れる飲食店の看板や店の明かりが、私を委縮させた。

まだ外食はできていない。

でも、朝ご飯はホテルのプランに付いていたので、食券と引き換えに受け取って食堂で食べた。さらに、二日目の昼は、道の駅のフードコートで食券を買って、ご飯と引き換えに構内の席で食べた。

朝も昼も、店に入り店員に注文して食べたわけではない。だから、私の目標としている外食とは言えない。でも私にとっては、ひとりで食事したのだから十分に外食と言えることだった。

本当に小さい一歩だ、でも進めた。小さな小さな一歩だ。それでも進んだのだ。次は店に入り、店員に注文して食べよう。

それに、この徳島県で嬉しいことがあった。それは、ある札所の手水場にいた時のことだ。

「素敵ね」

そう言う女性の声がした。

手水場には私しかいない。この時は春先で、境内にはたくさんの花が咲いていた。花のことを誰かと話している声が聞こえたのだろう。そう思っていると、

「素敵よ、そのお召し物」

と私に言った。

その時の私は、淡いグリーンの大きな花模様のスカートを穿いていた。

女性はもう一度、「素敵」と言った。

「あっ。ありがとうございます」

と、あわててお礼を言った。

「おひとりで？」

「はい」

「お車で？」

「そうです」

と女性の質問に、ひとつひとつ答えていった。

「お遍路をされる方ってね、ジーンズとかズボンの方が多いでしょ。だから素敵よ」と、言ってくれた。

まず、服装を褒められたことが嬉しかった。

私は普段ズボンを穿かない。今までの参拝の時もスカートを穿いていたが、デニムの動きやすいものを選んでいた。でも今日は、このスカートを選んだのだ。

実は、これと同じメーカーのスカートを彼に褒められたことがある。

「お前にしては洒落ている」と。

それから、デザインの素敵なこのメーカーの服を好んで着ていたのだ。

だから、女性が素敵と言ってくれたのが、なぜだか彼に褒められたようで、嬉しかったのだ。

それに、日帰りのお遍路旅を含めて、少しずつではあるが他人と緊張せずに話せていることに嬉しさを感じていた。この日も話していて、「早く会話を切り上げたい」ではなく、「もっと話をしたい」と思ったのだ。

褒められたことや自分の成長が嬉しくて、単純な私は、その日の参拝はとても気分が良かった。

今度は、一泊二日で参拝する予定を立てた。

その日は順調に参拝ができ、早くホテルに着いた。今までなら迷わずコンビニ弁当を買いに行っていた。でも、この日はスマホで近くの飲食店を検索した。するとホテルから歩いて五分の所に、「入りやすい家庭的なお店」と口コミのある洋食屋を見つけた。行ってみよう。出掛ける準備はできたが、心の準備がつかない。本当にひとりで入れるのだろうか？ホテルを出るまでにかなり時間がかかった。それでも洋食屋に向かって歩き出した。ゆっくり歩き、五分以上かけて店の前に着いた。ドア前は静かだった。ほんのりと明るいオレンジ色の明かりがドアのガラスから漏れていた。深呼吸してドアノブに手をかけ、思い切って開いた。

「いらっしゃいませ」

初老の男性が言った。

どうすればいいのか分からず、立ちすくむ私に、「お好きな場所にどうぞ」と声を掛けてくれた。初老の男性は、この店の店主だった。私は壁側のテーブル席に座った。他に客はいなかった。今日は平日で、時刻はもうすぐ七時半、この店の閉店時間は八時だった。

一息ついてメニュー表を手に取った。席に呼び出しボタンはない。店主は私がメニュー表を見ているのを少し離れた所で立って見ていた。私が顔を上げると店主が近づいてきた。メニュー表を指して「これ、ください」と言った。にっこり笑って店主は厨房に引っ込んだ。椅子の背にもたれ、ほっと一息ついた。

厨房で調理をしている物音だけが響く店内。私は静かに椅子に座り、料理が運ばれてくるのを待った。しばらくすると注文した料理が運ばれてきたので、黙って食べ始めた。すると店主が近くのテーブル席に座り、私に話しかけてきた。

「ご旅行ですか？」

「はい。そうです」

「どこから来られたんですか？」

私は言葉に詰まりながらも、店主の問いに答えていった。

「お遍路で回っています」

「そうなんですか。お若いのにお遍路なんて、何かあったのですね」

私は自分のお遍路の目的を、この店主に話したいと思った。そして、その問いに答えようと口を開きかけた時、店のドアが開いた。

「こんばんは」と入ってきたのは年配の男性だった。常連さんだったらしく、「いつもので」との注文を聞いて、店主は厨房に引っ込んだ。

店主との会話は途中になったが、食べ終えた私は会計のため席を立った。店主が厨房から出てきて、レジの所で金額を告げた。財布を出している私に店主は言った。

「いろいろあるだろうけど、頑張ってね」

「ありがとうございます。ごちそうさまでした」

お礼を言って店を出た。

日が落ちて街灯の灯りだけが頼りの夜道を、ホテルに向かって歩き始めた。

初めてひとりで入った店、やさしい店主との会話。あの店を選んで良かったと思った。

鞄から小さな写真を取り出すと、どうだと言わんばかりの勝ち誇った顔をして、彼を見つめた。でも、人気《ひとけ》のない夜道だ、私は小声で言った。

「見てたよね？　ひとりでできたよ」


その日から、外食が怖くなくなった。夕飯でも昼ご飯でも食べられるようになった。ただし、店に入るまでにはたっぷりと時間をかけ、行けるのかと心の準備をする必要があったけれど。

私はこのお遍路旅で香川県を訪れた時、金刀比羅宮《ことひらぐう》へ参拝をしていた。彼との思い出のある場所でもある。ここへは、お遍路を結願してから参拝しようと思っていた。でも近くまで来て、時間に余裕があったため寄ることにしたのだ。

彼と一緒に来たのは正月三が日が過ぎた頃で、境内は参拝する人で賑わっていた。その境内の一角に、抱負でも願いでも自由に書き込める看板が立てられていた。私はその看板に「また彼と一緒に来たい」、そう書き込んでいた。最初で最後の初詣だった。

私は、金刀比羅宮の駐車場に車を停め、たくさんの土産物屋や飲食店が並ぶ参道を進み、本堂までの長い階段を一歩一歩上っていった。階段が多く、多少痛む左脚を休めながら本堂まで歩き続けた。

階段は何段あったのだろう。しばらく歩くと広い境内に出た、本堂に着いたのだ。でも、疲労感からすぐに参拝はできなかった。近くのベンチに座った私は、思い出していた。そういえば、あの日もふたりでベンチに座ったなぁ、と。

ここは見晴らしのいい場所だ。琴平町の町並みが一望できる。今日は天気もいい。

ゆっくりと休息を取ったあと、私は本堂へ向かった。お賽銭を入れ、静かに合掌した。

本堂への参拝を終えた私は参道を下るのではなく、さらに坂や階段を進む、通称奥社と呼ばれる巖魂《いづたま》神社へ続く道に足を向けた。

奥社は金刀比羅宮の本堂よりさらに一・二キロほど上った先にある。以前彼と来た時にふたりで行こうと言ったが、参道が長く厳しく疲れてしまった私は、歩くのが辛くなって途中で諦めたのだ。でも彼はひとりで奥社まで行った。

あの時どれだけゆっくりでもいい、どうして一緒に行かなかったのだろうと、後悔していた場所だった。だから今日は絶対に上ろうと決めていた。

九十九折《つづらお》りの長い坂道と階段は、事故後の私には辛かった。その日は快晴で、天気予報通り真夏を思わせる暑さになっていた。疲労と暑さで顔も体も汗が流れている。タオルは汗でびっしょりだ。持っていたカメラは使うことなく、重さに腕が耐えかねていた。

その時、数人の若い男性が私の横を駆け抜けて行った。立ち止まって上を見ると、九十九折りの階段はまだ続いている。さっきの男性たちはもう見えない。

「すごいな」

体力の限界が近い私は、音《ね》を上げそうになった。すると金髪の若い男性が上ってきて、私の横に立ち止まった。

男性は、

「きついっすね」

と言った。疲れからか何も考えず、

「ほんと、きついね」

と答えていた。

「お姉さん、どこから来たんすか?」

「俺はどこからやと思います?」

と男性は立て続けに問い掛けてきた。

「私は愛媛から。えーっ? どこからなん?」

もちろん初対面だ。それなのに言葉遣いも気にせず、まるで弟と話すように気軽に答えていた。男性は私の右手のカメラを見て、

「いい写真撮れました?」

と言った。

「ダメ。それどころじゃないね」

と坂道を見上げ、笑いながら言った。

「まだ続くんですかね? もうやばいっす」

しんどさを顔に出す男性に微笑みながら、

「ほんと、もう限界やね」

と、会話は終わることなく続いた。

そんなふうに受け答えしていると、階段の上から金髪の男性を呼ぶ声がした。さっき駆

け上がって行った男性たちだった。友達だったようで、金髪の男性は気合を入れると、一気に階段を駆け上がって行った。

男性は階段の一番上まで行くと立ち止まった。そして視線を下に向けると、動かずにいた私に向かって、

「お姉さ～ん、まだ続いてますよ～」

と言った。

「うそやーん」

と大声で返答した。さっきまで音を上げそうになっていたのに、私はなぜか微笑んでいた。

しばらく無言で、でもさっきより足取りは軽く、参道を歩き続けた。すると今度は声だけが聞こえてきた。

「着いたー」

私の足取りは、ますます軽くなった。

男性の言葉通り、九十九折りの階段を数回越えると、奥社へたどり着いた。私はまずベンチに座った。とにかく休みたかった。無事着いたことに安堵しつつ、疲れた体を休めた。

あの時、彼はひとりでここまで来たのだ。私が一緒に歩いたのは半分くらいだったのではないだろうか。どうしてひとりで行かせてしまったのだろう。

長い参道だった。あの日諦めた私が今日歩けたのは、きっと彼が一緒に歩いてくれたからなのだろう。奥社には、こんぴらさまの守り神が祀られているという。ふたり分のお賽銭を握って本堂へ行き、神様に合掌して参拝を終えた。そして家族へのお守りを購入した私は、参道を下り始めた。

さっき会話をした金髪の男性は、先に着いていた友達と一緒に参拝を済ませて、早々に参道を下って行った。もう姿も見えなかった。

参道を下り駐車場まで戻ると、さっきの金髪の男性たちがいた。同じ駐車場だったらしい。でも、彼らに話しかけることなど、私にはできるわけがない。私は気付かぬふりをして、自分の車へ行くとドアを開け、カメラを降ろしたりしていた。金髪の男性は私には気付いていないのだろう。

彼らが車に乗り込むと、すぐに車のエンジンが掛かった。そして走り出した車が私の横を通り過ぎようとした時、後部座席の窓が開いた。

そこから金髪の男性が顔を出し、

「お疲れっすー」

と私に向かって手を振った。驚いた私は思わず、

「お疲れー」

と同じように手を振っていた。そのあと男性は親指を立てて私に向けた。「グッドラック」のサインだ。

それを見た私は笑った。さっき男性と話していて嬉しさを感じたのも、このサインを見て笑ったのも私は懐かしかったのだ。

彼に似ていたから。

この旅に出る朝にも、床の間で両手親指を上げ「グッドラック」のサインをする彼に見送られたのだから。

彼らの乗った車は走り去っていった。

私は車に乗り込むと、声を出して笑った。金髪の男性の見た目は、ヤンキーと言える部類だった。きっとこの場所で、あのタイミングでなければ、気軽に話すことはなかった人だろう。もし同じ駐車場でなければ、苦労を分かち合い、労い合うことなどなかった人だ

ろう。金髪の男性とは本当に短い間だけれど、ご縁があったのだと思った。そのことに嬉しさを感じ、笑ったのだった。

人と人との縁。

私がお遍路をしていて、羨ましく感じていたことだった。歩くお遍路さん同士が「またいつかどこかで」や「また会いましたね」と声を掛け合っていたり、ある時は、和歌山県から巡礼に来られたご夫婦が他の参拝者と「私たちは高野山が近いですから、いつか会えるかもしれませんね」と話しているのも聞いた。

お遍路さん同士が「また会えるかも」というご縁を大切にしていて、素敵だと思い、それを羨ましく思っていた。私にもこんな会話ができる時がくればいい、誰かとご縁があればいいと思っていた。

今のは相当短いご縁だ。でもそのうち末永いご縁が結べる日がくるかもしれない。そう思うと「ご縁」という言葉を、身近に感じさせてくれたこの出会いに、嬉しさを感じた。

とうとう結願に向けた最後の二泊三日となった。残すは香川県にある十五の札所のみだ。そしてこのお遍路の旅は、彼が仕向けた最後の運命なのだと思った。なぜなら二泊三日の最終日、結願予定のその日は、彼の五年目の命日だからだ。

すべて回って結願すると決めたのは、今から一か月半前のことだ。ひとりで外泊、外食をしたことはない。車の運転は苦手で、県外への遠出もほとんどしたことのない私だ。結願どころか、県外の札所にひとりで参拝できるのかどうかさえ、分からなかった。先も見えていなかったあの頃、この日に結願する予定など決められるはずもなかった。

最後の参拝ルートを決めた時、彼の命日前日はすでに予定が入っていた。当初組んだ日程では、命日を迎える前に結願となるはずだった。

ところがその組んだ日程の日は、近づくにつれ悪天候の予報となり、二泊三日中の二日間は大雨になりそうだった。彼の命日が過ぎた後も天気は悪く、さらに週末と祝日も控えていた。人出が多くなる日や雨の日は避けたい。それに一か月半以上お遍路に行くため自由にさせてもらい、家族には迷惑を掛け続けている。自分の都合でこれ以上時間は延ばしたくない。

晴れが続いているのは、彼の命日を含む三日間だけだった。あと十五寺。まだ山道だってある、それに結願するなら雨よりも晴れの日にしたい。

行くならこの三日間しかない。

私は予定を変更して、改めて日程を組んだ。

そして結願予定の日は、彼の五年目の命日となった。

二泊三日最後のお遍路、出発の日は前日からの雨がまだ少し降り続く小雨の中だった。涙雨、なのだろうか。

いつも通り床の間に座り、机の横の小物入れから彼の小さな写真を取り出して鞄のポケットに入れた。そしてもうひとつ、いつもとは違うことをした。

床の間に置いた机の上の写真立てを裏返し、彼とふたりで写った写真を取り出すと、納経帳の最終ページに挟んだ。

「一緒に」


最後のお遍路の旅だ。残すはあと十五寺。結願ができそうだとの安堵の思い、そしてこれで終わるのだという寂しさが、私の中で入り混じっていた。

一寺一寺、複雑な思いを噛み締めて参拝を続けた。

一日目は第七十八番札所郷照寺まで参拝を終えた。二日目は第八十三番札所の一宮寺《いちのみやじ》まで行こう。そうすれば最終日も残り五寺の参拝となる。もう険しい道はない。余裕をもって結願することができる。

お遍路旅、最後の夜。

無事に第八十三番札所まで参拝を終えた私はホテルに着いた。少しずつだが慣れ始めた外食をするため、ホテルを出た。

「どこで食べようか」

ホテルを出る前にスマホで店はいくつかチェックしていた。歩きながら、入れそうな店かどうか確かめながら近づく。そしてチェックしたある店の前に着いた。

そこは、大型ホテルに併設された居酒屋風な店だった。入ってみようか。店の前で葛藤する私。実は、ひとりで居酒屋に入るのは初めてだった。今までは静かな洋食屋や、ファミレスのような雰囲気の店を選んでいた。

このままひとりで入れるだろうか。日本家屋の引き戸を思わせる格子の扉は、私を緊張させた。扉に手を伸ばすが開く勇気がない。

大丈夫、怖くない。自分にそう言い聞かせると一度ぎゅっと目を瞑り、再び扉に手をかけ、今度は一気に開いた。

「いらっしゃいませ」

その声に迎えられて、私は店に足を踏み入れた。

「おひとり様ですか」

「はい」

「カウンターか、もしくは少々お待ち頂ければ、テーブル席もご案内できます」

と店員は言った。私は、

「じゃあ、テーブルで」

と答えた。

今日は平日だ。比較的空いていたらしい。入り口のそばの椅子に腰かけて、テーブル席が片付くのを待った。

店員に呼ばれ、席に案内された。私は席に着くと鞄からスマホを出し、テーブルに置いた。そのスマホ画面の上に、鞄から出した小さな彼の写真を重ねて置いた。そしてメニュー表を開いてテーブルに広げた。


ふいに蘇る記憶。

十三歳年上の彼は、老眼だと言って文字を読むのを面倒くさがった。食事の時のメニュー表もそうだ。いつも私が彼の目になっていた。

「何て書いてある?」

「これはいくらだ？」

彼の質問に、私はひとつひとつ答えていた。

私はさっき開いたメニュー表を見ながら、

「あ、これ美味しそう」

「まずはビールだね」

「これ食べてみたいなぁ」

「ヒレ酒がある。あとで頼もう」

ひとりつぶやきながら注文の品を決め、店員を呼ぶボタンを押した。メニュー表を指さしながら店員に注文を告げた。

店員がまずビールを持ってきた。もちろんグラスは、ひとつ。


でも……。

私はグラスを持つと少し上に掲げた。それを、まるで向こうにグラスがあるように差し出した。

カチン。合わさるグラスの音。

「なんでお前が上からなんだよ」

そう言って、自分のグラスを私より高く上げる彼。居酒屋でのいつもの光景が見えた。


注文した料理が次々と運ばれてくる。彼の好みの品が並ぶ。

「うまいな」

「やっぱこれだね」

いつも美味しそうに食べていた彼。でも彼は、こう言った。

「お前、美味《うま》そうに食うなぁ」と。

ほら、よく言うではないか。

何を食べるかではない、誰と食べるか、なのだと。

「あなたが一緒に食べてくれるからね」

残念ながら、彼にこの言葉は言えなかったけれど。


彼に会うまで、口にすることのなかった料理。

「お前も食ってみ?」

食べず嫌いの多い私は、よく言われていた。彼の皿に手を伸ばし、恐る恐る口に入れてみると、

「あっ、美味しい」

「ほらな」

と勝ち誇った顔をする彼。もう一口もらおうとする私。

「食べず嫌い、少なくなったよ」


最後の夜なのだ。

いつかの幻は私の目を潤ませた。ハンカチを目に当てながら、ゆっくりと時間をかけて食事をした。最後に頼んだヒレ酒を飲み干すと、席を立った。

「ごちそうさまでした」


まだ暗いうちに目が覚めた。

何時だろう。ベッドの頭の所にある時計を見た。五時を少し過ぎた頃だった。起き上がってカーテンを開いた。外もまだ薄暗い。カーテンを開けたままベッドに戻った。

目を閉じてまどろんでいたが、どうやらもう寝付けそうにない。

体調を確かめた。疲れはない。酔いもない。よし、起きよう。

あと五寺だ。

残る札所のルート確認をした。お賽銭、そして札所に納める写経を確かめた。揃っている。渋滞や道に迷うことも考えて、早めにホテルを出た。

今日最初に行くのは第八十四番札所屋島寺だ。このホテルからは市街地を抜けなければならなかった。平日の朝ということもあり渋滞にはまった。それでも早めに屋島寺に着いたので、朝早く出た甲斐があったようだ。

どこの札所でも朝の早い時間は参拝客が少なく静かだ。ある札所では、このお遍路旅で初めて雨の日の参拝となった。

天気予報は晴れになっていたが、前日からの雨が止まなかったのだ。私は傘を差して境内を歩いた。その札所の本堂は山を背にして建っており、周りも深い緑で覆われていた。平日の雨の日の朝、ひっそりと建つ静かな本堂でひとり合掌した。賑やかな境内は、人との出会いもあり、素敵だ。でも、静かな境内には違った魅力があった。この札所は静けさが似合った。これが「霊場」というものなのだろうかと感じた札所だった。

順調に参拝を続け、そして午後二時過ぎ、第八十八番札所大窪寺に到着した。駐車場に車を停め、納経帳と写経を鞄に入れて車の外に出た。

快晴の空、見上げると雲ひとつない青空。私は一度鞄に入れた納経帳を取り出し、最終ページを開いた。幸せだった頃の笑顔のふたり。言葉は何も出てこなかった。

駐車場から山門に向かって歩き出す。しばらくして大きな山門が目に入った。

最後の札所だ。私のお遍路が終わる札所なのだ。

山門の前に立ち深呼吸してから、合掌、一礼して心の中で告げた。

「最後です。お参りさせて頂きます」

今までの巡礼をひとつひとつ思い起こすように、本堂に向かってゆっくり歩いた。境内にはたくさんのお遍路さんが参拝していた。

八十七ヶ所でしてきたように、手水場で手を清め、鐘楼に行き本堂へ向かう。そして写経を納めてからお賽銭を入れ合掌する。

「本当に、ありがとうございました」

続けて大師堂へ向かった。鞄から最後の写経を取り出す。最後の一枚。両手で挟んだ写経に、これまでのすべての思いを込めた。大師堂を見上げ、ゆっくりとした動作で写経を箱に納めた。

これが最後なのだと、思いを噛み締め大師堂に合掌した瞬間、私の目に涙があふれていた。こぼれ落ちた涙が地面を濡らす。周りには参拝者もたくさんいる。ここで泣いたらダメだ。

「涙止まって、止まって。お願い、流れないで」

どれだけ願っても、あふれてくる涙は止まらない。大粒の涙が頬を伝う。ハンカチを出して目頭を押さえ、大師堂のすぐそばにあったベンチに座った。さっきまでいたお遍路さんはいなくなっていた。まだ涙は止まらない。そのままベンチで泣き続けた。

どれだけの時間、泣いていたのだろう。ようやく止まった涙のあとを拭い、顔を上げると、そこには満開の牡丹が広がっていた。赤や白やピンクの花びらが私を包んでくれていた。鞄から納経帳を出して最終ページを開き、彼の微笑んだ顔を見て言った。

「ごめんなさい。結願するまでに時間かかって。こんなに長い間ほったらかしで……。もっと早くしなきゃいけなかったんだよね……。時間かかって、ごめんね」

再びあふれ出した涙を止めることはできなかった。気が済むまで泣き続けた。

落ち着いた私は涙のあとを拭い、立ち上がった。

そして、手にしていた納経帳を改めて見つめた。思いの詰まった納経帳だ。怯えながら始めたお遍路だった。途中で投げ出した。でも、再開することができた。いろいろな時間を見守ってくれた納経帳だ。

今日で、すべてのページが埋まる。

結願する。


私は納経帳を握りしめ、納経所へと向かった。

そして……そして最後の納経をして頂き、結願した。

私は、四国八十八ヶ所巡礼の旅を終えた。お遍路を始めてから七年が経っていた。


大窪寺の境内で、家族に結願を知らせるメールを送り、帰路に就いた。高速道路に乗る前に夕飯を食べようと思ったが店がなく、気付けば高速道路に乗っていた。

SAで食べようと決め、選んだ店は、まだひとりで外食できない頃に諦めていた店だった。今の私に怖さはない。自動ドアをくぐり堂々と入店した。店員に「ひとり」と伝え、カウンター席に座った。ボタンのない席、注文を決めた私は店員に「あの……」と小さく手を挙げた。注文を取りに来た店員に「これください」と告げた。「はい。お待ちくださ
い」、そう言って店員は下がった。
他人を怖がったり、ひとりを恥ずかしがる私は、もういない。

食事を終えて席を立とうとしていた時、家族連れが入店してきた。フロアにはひとりしか店員がおらず、忙しく動き回っていた。私は構わずレジに向かった。店員はすぐ気付くだろうと思っていたからだ。でも、なかなか気付いてくれない。

今までの私なら、レジの所で店員が気付くのを待っていただろう。そもそも席を立ったりしなかったはずだ。

でもその時の私は、店員の近くまで行き、

「すみません、お会計を」

と声を掛けた。

「はい、ただいま」

と店員はすぐ来てくれた。

会計を終え出口へ向かう私に、店員は「ありがとうございました。お気をつけて行ってらっしゃいませ」と言った。

「行ってらっしゃい」

送り出されるその声を背に受け、店を出た。


時刻は夕方六時半過ぎ。店を出た私は、大きなオレンジ色の夕日に迎えられた。

このSAは海が一望できる。大きな夕日は水平線の上に堂々と浮かんでいた。雄大な夕景に何人かがスマホを構えて写真を撮っていた。

私は急いで車に行き、一眼レフカメラを持って彼らの仲間に加わった。ひとりだけ一眼レフカメラを持っていることを、以前の私は恥ずかしいと思ったに違いない。でも、もう人目なんて気にならない。大丈夫だ。

夕日は水平線に沈もうとしていた。急いでシャッターを切り、夕日を写真に収めた。私の七年間の旅の終わりを祝福するかのような、大きくて綺麗な夕日だった。

夕日が沈むのを見届けて、車を発進させた。

ハンドルを握って、ひとりごとを言うように、彼に話しかけるように、ぽつぽつと話し始めた。

「びっくりだよね、今日が結願の日になるなんて。運命だったんだろうね。あなたのために始めて、あなたのこの日に終わった。七年かかった。でも、この日で本当に良かった。

正直言うとね、結願できるって思ってなかった。私ひとりで遠出なんかしたことなかったし、もちろん外泊も外食もしたことない。今までは、あなたが一緒にいたからできてただけ。人見知りで人嫌いで恥ずかしがり屋な私だよ。絶対やり遂げるんだって始めたけど、心のどこかで、できないんじゃないかって、またきっと諦めるんだって思ってた。ごめん。

あなたの病気が分かって、巡礼するって決めて行ってたけど、慣れてない山道も街中も三車線も、どこに行くのも怖かった。

あなたのためにするって決めたんだから、行かなきゃって思ってたのに、どうしても怖かった。行きたくないって思うようになってた。だから仕事があるとか、あなたに会うためとか、天気が悪いとか、何かと理由をつけて行こうとしてなかった。あなたがいなくなってからはヒドイよね。もう行く理由もないって決めつけて、お遍路止めた。ごめん。

お遍路は、あなたの病気平癒祈願で私がやるって決めて始めたことなのにね。自分では途中で投げ出すことが分かってた。

それなのに。なのに、結願できたんだよ。

ごめんね、七年もかかったんだけど。でも結願できたんだよ。
あなたが……あなたが一緒にいてくれたからできた」

ずっとそばにいてくれたよね。

「道に迷った時は『相変わらずだ』とか、運転ミスした時は『あぶねーぞ』って。高速で雨になった時は『無理するな』って。いつもいつでも、あなたの声が聞こえてた。そばにいる、守ってくれてるって感じてた。だからどこにでも行けた。だから結願できた。ひとりじゃなかったから。

実はね、お遍路は私がやろうって決めて、本当に最後までやり遂げた人生で初めてのことなんだよ。何をしても三日坊主なんだよ、私。何やっても続かない、途中で投げ出す。全部そう。今まで振り返っても最後までできたことはきっと何もない。だから人生で初めてやり遂げたこと。

あなたのためだから、あなたが一緒にいてくれたから。あなたがいなくなった時は、こんな未来は想像できなかった。あの時はどうやって死のうって思ってたのに、助けてくれて本当にありがとう。

私ね、お遍路再開しなかったら死ぬこともできなくて、引きこもって家族に迷惑掛け続けてたと思う。事故で大切にしてたものを失くして、職も失って婚活も就活も全部失敗。私には悲しいことしかないんだもん、生きてる意味はないって本当に思った。本当に死にたかった。死ぬ勇気すらないくせにね。

でも、お遍路のこと思い出させてくれた。一か月半前だったね。あのタイミングだったから、時間がかかったとしても、絶対にやり遂げようって思ったんだよね。五年って日が来るのに、まだダメなままの私で、あなたに頼るばかりの私で、情けないって思った。結願しようって思わなかったら、今の私はいなかった。

お遍路してて決めたことがあるんだ。それはね、もうあなたに頼らないってこと。いつも心の中で頼ってた。あなたがいれば……あなただったら……って。辛くなったら、早く迎えに来てよって、心の底から願ってた。

でもそれは、もうやめる。

挫けそうになったら、納経帳を開いて思い出してみる。あなたの代わりにね。無理だと思ってたことができたこと、出会いもあったし挑戦もした。ほんとに成長したんだよ、私。こんな人見知りで情けない私にとっては、ありえない大冒険だったんだからね。

辛くなったら、あなたが一緒にいてくれたこの旅を思い出して勇気出すよ。頑張るよ。

この経験を思い出したら何でもできるはずだから。だからもう、心の中のあなたには頼らない」

「そんなこと言っててもね、きっと破っちゃうんだろうけどね。だって私さ、弱い人間なんだもん。きっと破っちゃう。ダメだね。でもね、ひとつだけ約束する。もう絶対死のうって思わないこと。それだけは守る。

これからも、一日一日を大切に生きるね」

語り始めて目頭が熱くなるのを感じた私は、SAに車を停めていた。真っ暗なSAでハンドルにもたれたまま、しばらく泣いていた。

カーステレオからは、さっき入れたCDの曲が流れていた。

「夜明けはやってくる　悲しみの向こうに」と。

自宅近くまで帰ってきた。いつもなら曲がる自宅への道を通り過ぎ、さらに十五分ほど車を走らせた。海に面したその場所は、私が年に一度だけ訪れる彼の家の近くだった。

病気だと分かってから二年間だけの恋人。将来の約束なんてしていない。それでも今日までずっと好きな人。

彼のことは知らないことの方が多い。お墓の場所も知らない。だから命日の日、一年に一度だけここに来る。私が唯一知っている彼の居場所だから。でも今年が最後だ。結願して最後にすると誓ったのだから。

これまでのように彼の自宅の方に向かって手を合わせ、頭を下げた。

「今まで本当に、ありがとうございました」

家に帰り着いた私は荷物をほどき、お風呂に入って一息ついた。

部屋に入り、床の間に座った私は、すべてのページに納経して頂いた納経帳を手に取った。最終ページを開き、挟んでいた写真を取り出すと机に置いた。

そしてこの五年間、彼の命日と月命日に欠かさず焚いているお香に火をつけた。彼と京都に旅行した時に買った、甘い香りのお香。年に十二回だけ焚くお香。

それから、さっき買った日本酒を、いつも命日にしているようにぐい呑みに注ぐと、机の写真の横に置いた。

そして私は静かに納経帳を開いた。

「この札所はね……」

「ここに行った時は……」

「そういえばね……」

ひとりごとのように、彼に話しかけるように……。お香の煙と納経帳をめくる音だけが聞こえる部屋で、ひとりつぶやいていた。

最後まで見終わった時、お香の火が消えていることに気が付いた。部屋中に甘い香りが漂っている。ふと、壁の時計を見た。

針は彼の亡くなった時刻を示していた。納経帳を閉じて机に置いた。

「ありがとう。……おやすみ」

了

著者プロフィール
緒賀 麻梨子（おが まりこ）
1980年、愛媛県生まれ。愛媛県在住
2020年、『人生十人十色２』（文芸社刊）にて短編作品を発表

追憶は涙雨の如く

2024年７月15日　初版第１刷発行

著　者　緒賀 麻梨子
発行者　瓜谷 綱延
発行所　株式会社文芸社
〒160-0022 東京都新宿区新宿１－10－１
電話 03-5369-3060（代表）
03-5369-2299（販売）

印刷所　株式会社フクイン

JASRAC 出 2403068-401
ISBN978-4-286-25498-2